ALBUM

CHARENTAIS

PRIX : 1 FR.

LIMOGES
IMP. SOURILAS-ARDILLIER, RUE DU CONSULAT, 19
—
1864

ALBUM

DE

ROMANCES & POÉSIES

PAR

GRENET

ANCIEN COMMISSAIRE DE POLICE

Né à Confolens (Charente), le 16 mai 1795

DÉDIÉ A SES DEUX PETITS-FILS

René et Maurice MARTIN

Paris, le 1er Août 1864

grenet

Le même Auteur publia, avant 1830, un premier Album de vingt-cinq romances. L'accueil flatteur qu'avaient reçu ces premiers essais, lui fait espérer que ses lecteurs auront toujours la même indulgence.

———————

Incessamment la suite du second Album de romances, poésies, pièces de théâtre sur la localité et le département de la Charente; *La Fête au Château de V...*, vaudeville en 1 acte et ballet.

ROMANCE.

LES BORDS DE LA CHARENTE.

Air : *Du Dieu des Bonnes-Gens.*

1ᵉʳ COUPLET.

Quand je quittais les bords de la Charente,
Quand je quittais mes dieux hospitaliers,
Quand je fuyais avec mon amante,
Quand je changeais d'asile et de métiers,
La France alors me paraissait bien belle;
Je la chantais pour charmer mes loisirs !
Ah! mes amis, plaisirs qu'on se rappelle
    Sont encor des plaisirs (*Bis*).

2ᵐᵉ COUPLET.

Venez, venez, souvenirs du jeune âge,
Ramenez-moi, par une aimable erreur,
Vers la Charente et son joli rivage,
Où tant de fois j'osai croire au bonheur ;
Je vis souvent la légère nacelle
Tourbillonner au gré des doux zéphirs.
Ah! mes amis, plaisirs qu'on se rappelle
    Sont encor des plaisirs (*Bis*).

3ᵐᵉ COUPLET.

Mais je ne puis oublier ma famille,
A chaqu'instants je me trouve avec vous ;
Quand pourront–ils, votre fils, votre fille,
Encore un jour embrasser vos genoux ?
Malgré le sort qui m'éloigne encor d'elle,
Je me console avec mes souvenirs.
Ah ! mes amis, plaisirs qu'on se rappelle,
    Sont encor des plaisirs (*Bis*).

L'ÉTRANGER (1).

1er COUPLET.

Un faible oiseau errait dans un bocage,
Et tristement il cherchait un abri ;
Car loin de là, se trouvait le village ,
Où le hasard avait placé son nid.
Un oiseleur, bientôt voulut le prendre,
Trop faible, hélas! ne pouvant voltiger :
Sa voix plaintive, alors lui fit entendre !
Ne frappez pas, car je suis étranger (*Bis*).

2me COUPLET.

Si, comme moi, loin de votre patrie,
Vous vous trouviez sans appui, sans secours :
Si, comme moi, de cette triste vie,
A chaque instant vous maudissez le cours !
Je vous dirais : Entendez ma prière,
Épargnez-moi, protégez mon danger ;
Cessez vos coups, calmez votre colère :
Ne frappez pas, car je suis étranger (*Bis*).

(1) Cette romance a été faite à Gap. (Hautes-Alpes), en 1846. L'auteur la
dédia à M. Louis Magne, directeur d'un café chantant : celui-ci s'en empara,
la vendit, la colporta : elle est tombée dans le domaine public.

3me COUPLET.

Bon oiseleur (1), touché de sa tristesse,
Put l'approcher et lui tendit la main :
Je veux, dit-il, protéger ta faiblesse ,
Et contre tout protéger ton destin.
Sois confiant, mon désir est sincère ;
En ces climats ne crains plus le danger :
Je viens t'offrir un appui tutélaire ;
Car tous ici nous aimons l'étranger (*Bis*).

(1) M. Chaix, avocat à Gap, ancien constituant, est un ami de l'auteur :
il prit souvent sa défense dans la polémique engagée avec les habitants de la
localité.

LE RÊVE DU TROUBADOUR.

Air : O ma Cavale au sabot noir. — Mon petit Page.

—

1er COUPLET.

Cette nuit je rêvais à toi,
Un songe t'a conduite à moi :
J'ai voulu consulter ton âme,
J'étais heureux, j'étais constant;
Car nos cœurs brûlaient même flamme.....
Ah ! que mon rêve était charmant (Bis).
Tra la, la la ; tra la, la la ; tra la.....

2me COUPLET.

Nous étions tous deux dans un bois,
Et j'entendais ta douce voix
Dire : l'instant est favorable,
Mon digne ami, profitons-en !
Combien je te voyais aimable,
Et que mon rêve était charmant (Bis).
Tra la, la la ; tra la, la la, etc.

3ᵐᵉ COUPLET.

En ce moment tout était beau ;
Car au murmure d'un ruisseau,
Il mêlait le tendre langage
De la fauvette et son amant ,
Et le bruit du naissant feuillage :
Ah ! que ce rêve était charmant..... (*Bis*).

4ᵐᵉ COUPLET.

J'étais heureux dans mon erreur ,
Car je te pressais sur mon cœur ;
Et quand je disais je t'adore,
J'ai senti ton frissonnement ;
Près de toi j'ai revu l'aurore,
Ah ! que mon rêve était charmant (*Bis*).
Tra la, la la ; tra la, la la ; etc., etc.

5ᵐᵉ COUPLET.

Heureux, est cent fois trop heureux
L'amant qui met comble à ses vœux,
Qui, se croyant près de sa belle,
Se voit l'égal du Tout-Puissant ;
Mais, hélas ! lorsqu'il se réveille,
Il n'est plus de songe charmant (*Bis*).
Tra la, la la ; tra la, la la ; etc., etc.

LA CHARCUTIÈRE.

Air : *Le vent qui vient à travers la montagne, m'a rendu fou...*

1er COUPLET.

Connaissez-vous Dona, la charcutière,

    Au grand œil noir?

Plus d'un amant, le soir sous la gouttière,

    Sont pour la voir.

Le plus heureux, adroitement se place,

    Près son saindoux :

Mais lorsqu'il faut abandonner la place,

    Il devient fou (*Bis*).

2me COUPLET.

Aux yeux de tous, cette dame est charmante,

    Elle a bon ton :

Air gracieux, figure semillante

    Et l'œil fripon.

Plus d'un amant, dans son comptoir se glisse,

    Sans son époux :

Faut-il quitter l'odeur de la saucisse,

    Il devient fou (*Bis*).

3me COUPLET.

Ah ! que de fois, désormais dans la ville,

Par son regard :

A leurs désirs, devient-elle inflexible,

C'est désespoir.

Grands et petits, parmi les pots de graisse,

Sont à genoux :

Et chacun d'eux, près de cette déesse,

N'est plus qu'un fou (*Bis*).

4me COUPLET.

Heureux cent fois, est le roi de la dame,

Plus qu'un bourbon :

Il est heureux de régner sur son âme,

Près d'un jambon.

C'est son bonheur, son trésor, ses richesses,

C'est son Pérou :

Mais se voit-il privé de ses caresses,

Il devient fou (*Bis*).

LE CIVRAYSIEN.

Air : *Qu'on soit né sur les bords du Tage.*

1ᵉʳ COUPLET.

À Paris, dans ces jours d'alarmes,

Quand tout le monde se battait,

Quand les femmes prenaient les armes,

Le bon Civraisien se cachait (*Bis*) :

Battez-vous donc pour la défense,

Lui disait un homme de bien :

Êtes-vous enfant de la France?

Êtes-vous Anglais ou Prussien? (*Bis*).

2ᵐᵉ COUPLET.

Civray, le lieu de ma naissance ;

Poitiers, est mon département :

Si je suis enfant de la France,

Je n'en ai pas le sentiment (*Bis*) :

Epargnez-moi, je vous conjure,

Car je ne suis pas de Paris :

Surtout, Messieurs, pas de blessures,

Ne déchirez pas mes habits (1) (*Bis*).

---

(1) Ce Monsieur en arrivant à Civray, avait ses vêtements en lambeaux.

3ᵐᵉ COUPLET.

Cessez donc de faire un outrage,

Au nom français, partez d'ici ;

Allez, répétant cet adage.....

Vive les braves de Paris (*Bis*).

Si jamais votre âme avilie,

Osait dire : je suis Français,

Tremblez, craignez que la patrie

Ne vous fasse un juste procès (*Bis*).

L'ANGE CHÉRI.

Parodie et Air : *Des Feuilles Mortes.*

1er COUPLET.

Les dieux ont prononcé, tu n'es plus sur la terre,
Comme la rose, hélas! tu n'as vécu qu'un jour :
J'ai dû te dire adieu ! ma compagne si chère ;
Pour qui j'ai tant pleuré : que je pleure toujour.
Mais des célestes lieux, pour t'entrouvrir la porte,
Et du Dieu tout–puissant, pour obtenir l'appui ;
Je vais à deux genoux prier ma pauvre morte :
Oui ! je prierai toujours pour mon ange chéri (*Bis*).

2me COUPLET.

Si je dois te revoir, ce n'est donc plus qu'en songes,
Voilà mon seul espoir du jour et de la nuit :
Venez à mon secours, illusions, mensonges,
Et ramenez vers moi mon bon ange chéri.
Mais des célestes lieux, pour t'entrouvrir la porte,
Et du Dieu tout–puissant, pour obtenir l'appui ;
Je vais à deux genoux prier ma pauvre morte :
Oui ! je prierai toujours pour mon ange chéri (*Bis*).

3

3ᵐᵉ COUPLET.

Chaque soir, soucieux, je viens sur ces rivages;
Le désir de te voir, m'agite et me poursuit :
Je crois te voir venir, flottant dans les nuages,
Je m'écris radieux ! Voilà l'ange chéri.
Ah ! des célestes lieux, je vois s'ouvrir la porte,
Et le Dieu tout-puissant qui te conduit vers moi :
Je suis moins malheureux, car je puis pauvre morte,
Tombant à deux genoux, toujours prier pour toi (*Bis*).

LE TALISMAN OU LE PETIT PANIER,

Paroles d'un jeune Époux qui a perdu sa jeune
Épouse et son Enfant.

Air : *Te souvient-il, disait un Capitaine, au Vétéran qui mendiait
son pain.*

1er COUPLET.

Dans ce panier sont toutes mes pensées,
Car il contient de précieux souvenirs;
Et chaque jour, sur mes lèvres pressées,
Il est témoin de mes tristes soupirs.
Laissé par toi, ma compagne chérie,
Petit panier, fera tout mon bonheur :
Par lui je puis encore aimer la vie,
Par lui je puis supporter ma douleur (*Bis*).

2ne COUPLET.

Il est pour moi la couronne et l'empire;
Il est pour moi les trésors, le Pérou :
Lui seul, hélas! peut calmer mon délire,
Sans ce panier je ne serais qu'un fou.
Ce talisman est ma seule espérance :
Par lui je puis toujours croire et prier;
Par lui je puis supporter ma souffrance!
Tout mon bonheur est donc dans ce panier (*Bis*).

3me COUPLET.

Un jour viendra !..... qui n'est pas loin peut-être,
Pour accomplir la loi du Créateur :
J'irai, cherchant la main du divin Maître,
Petit panier sera mon conducteur.
Alors, guidé par sa chaste lumière,
Je marcherai vers le séjour des dieux....:
J'y trouverai mon enfant et sa mère.....
Là ! tous les trois, nous serons plus heureux (*Bis*).

L'ÉLOGE DE LA FIANCÉE.

STANCES.

Air : *Olivier je t'attends, déjà l'heure est sonnée.*

1er COUPLET.

Le ciel prendra bientôt une robe de fête,
Car c'est bientôt, je crois, que l'on te marira ;
Un jeune et tendre époux placera sur ta tête,
La couronne d'hymen, et Dieu la bénira.

2me COUPLET.

Les Anges dans le ciel chanteront d'allégresse,
Les dieux, bonne Marie, à leurs jeux souriront.....
A celle des mortels unissant leur tendresse.....
Oui, les dieux comme nous, les dieux vous aimeront.....

3me COUPLET.

Après le doux serment : le mot sacré qu'on jure,
Tu donneras la main à ton fidèle époux :
Tu resteras toujours aussi bonne, aussi pure,
Et chacun de son sort, de lui sera jaloux.

4me COUPLET.

Comme un don précieux, le destin sur la terre,
Te plaça parmi nous pour servir de jalons —
A ceux qui t'ont connue, à l'épouse, à la mère ;
Aux jeunes, aux vieillards, car tous nous t'admirons.

5me COUPLET.

Jeune fille, tu fus modèle de sagesse ;
Jeune femme, plus tard l'on parlera de toi :
Pour de jeunes enfants, de ta douce caresse ;
Et pour ton digne époux, de ton cœur, de ta foi.

6me COUPLET.

Non ! le temps ne saurait faire oublier Marie !
Les récits précieux de tes rares vertus ;
Car ils sont immortels comme le Dieu qu'on prie !
Et l'on s'en souviendra quand nous ne serons plus.

LE DÉPART DU MARIN.

1er COUPLET.

Je vais sur un autre rivage,
Porter ma douleur et tes fers ;
J'irai chaque jour sur la plage,
Te demander au Dieu des mers.
Hélas ! hélas ! toi tu demeures,
Plus de bonheur, plus de plaisir.....
L'on demande pourquoi tu pleures ?
Le sait-on pas, je dois partir (*Bis*).

2me COUPLET.

Il n'est donc plus , douce espérance,
Destin cruel, me fait mourir :
Pardon, mon Dieu, si je t'offense ;
Mais pourquoi tant faire souffrir.
Tout est perdu, car tu demeures ;
Plus de bonheur, plus de plaisirs ;
L'on demande pourquoi tu pleures :
Le sait-on pas, je vais partir (*Bis*).

3ᵐᵉ COUPLET.

Que ma douleur, ma douce amie,
Te prouve mon constant amour :
Et que chaque jour de ta vie,
Soit témoin d'un tendre retour.
Car loin de moi, si tu demeures.....
Pense toujours à ton ami !.....
Si quelqu'un te disait, tu pleures !.....
Tu leur diras ! Il est parti (*Bis*).....

LE PÈRE ABANDONNÉ.

1er COUPLET.

De grands malheurs ont fait blanchir ma tête,
Et les chagrins ont sillonné mon front :
Comme un marin qui brave la tempête,
Depuis long-temps j'ai dû braver l'affront.
Je dois toujours, malgré ma peine amère,
Ne pas trouver le terme du chagrin :
Car je suis seul, errant sur cette terre !
Pauvre, accablé, n'ayant plus de soutien (*Bis*).

2me COUPLET.

Destin cruel, de moi que veux-tu faire,
Ton dernier coup, je le sens, c'est la fin :
J'ai dû quitter et ma fille et sa mère.....
Les délaisser et ne leur laisser rien.
Bien grande, hélas ! mon affreuse misère :
Plus de parents, plus d'amis, plus de pain ;
Toujours errant, et seul sur cette terre,
J'appelle en vain, je n'ai plus de soutien (*Bis*).

4

3ᵐᵉ COUPLET.

La mort peut donc s'approcher, je l'envie,
Puis-je aujourd'hui redouter le trépas :
Ah ! sans frémir, je quitterai la vie,
Mon seul regret, je ne vous verrai pas.
Car loin de vous ! oh, ma fille ! oh, sa mère !
Je suis privé de caresses et de soins !
Mais chaque soir, en faisant la prière ,
N'oubliez pas que je suis sans soutiens (*Bis*).

PAROLES D'UN VIEILLARD QUI N'EN A QUE L'AIR.

1er COUPLET.

Je marche la tête levée,
Et je ne crains que le soleil :
Je n'ai pas l'épaule voûtée,
Je suis fier comme l'arc-en-ciel.
Heureux vieillard, près de Suzanne,
J'ose narguer la faulx du temps ;
Et j'ose croire, dieu me damne !
Que je suis encore à vingt ans *(Bis)*.

2me COUPLET.

Tous les jours, près de ma sultane,
Je veux agir en Céladon :
Car je ne veux pas que Suzanne
Dise que je suis vieux grognon.
En arrivant près de la belle,
Je fais mousser les sentiments.....
Dans mes yeux brille l'étincelle,
Et je crois n'avoir que vingt ans *(Bis)*.

3ᵐᵉ COUPLET.

Chaque soir près de ma maîtresse,

J'ose risquer de doux avœux :

Et malgré la toux qui m'oppresse,

Parfois je suis amant heureux.

Que de soins, que de complaisance,

Viennent ranimer tous mes sens.....

Et de Suzanne, la constance.....

Me dit que je n'ai que vingt ans *(Bis)*.

AIR ET PARODIE DES DEUX GENDARMES.

1er COUPLET.

Deux époux, un soir de dimanche,
Montaient le faubourg Saint-Marceau :
La dame portait robe blanche,
Le mari, le gilet ponceau.
Celui-ci dit d'un ton sonore.....
Il fait grand chaud, femme, buvons.
A ces mots, répond Léonore.....
Cher Bibi, vous avez raison (*Bis*).

2me COUPLET.

Arrivés vers le Val-de-Grâce,
L'on s'adresse au marchand de vin :
Servez à chacun demi-tasse,
Du cognac ! mais surtout du fin.
Le café, liqueur que j'adore,
Me plaît beaucoup : femme, buvons.
Aussitôt répond Léonore.....
Cher Bibi, vous avez raison (*Bis*).

3ᵐᵉ COUPLET.

Le café qui plaisait à l'homme,
Hélas! bientôt ne suffit pas :
Pour madame, il faut du rogome
Des vins fins et des vins muscats :
Portez toujours, portez encore,
Servez bouteilles et flacon.....
A ces mots, répond Léonore.....
Mon Bibi, je perds la raison (*Bis*).

4ᵐᵉ COUPLET.

Le mari lui dit, ma commère,
Il faut penser à déguerpir ;
Mais avant, mettons à sec le verre,
Buvons ce nectar à plaisir.....
Mais, hélas! pourquoi je l'ignore?
Perds-tu si vite la raison :
Mon Bibi, lui dit Léonore,
J'ai trop bu de ce doux picton (*Bis*).

5ᵐᵉ COUPLET.

Comme toi, ce nectar m'enivre,
Je suis joyeux, je suis content :
Au sixième, je vais te suivre,
L'un et l'autre nous soutenant.....
Là, nous pourrons, j'espère encore.....
Après Bacchus, voir Cupidon.....
A son tour, lui dit Léonore.....
Mon Bibi, tu perds la raison (*Bis*).

LA RUPTURE.

1er COUPLET.

L'illusion s'envole,
Et la réalité,
M'agitte et me désole,
Et trouble ma gaîté !
Eperdu, je crois lire,
Dans son œil en courroux,
Ce que le ciel m'inspire ! ! ! !
Madame ! oublions-nous (*Bis*).

2me COUPLET.

Le ciel en sa colère,
La conduisit vers moi ;
Sous l'abri du mystère !
Il m'imposa sa loi.
Dès-lors tout m'abandonne,
Pour de folles amours ;
Mais la raison l'ordonne ! ! ! !
Je la fuis pour toujours (*Bis*).

3ᵐᵉ COUPLET.

Sur la pente rapide,
Je me vis entraîné !
Mon Dieu, soyez mon guide
Sauvez l'infortuné :
Ramenez en mon âme
La paix et le bonheur,
Et que sa voix de femme ! ! ! !
Ne trouble plus mon cœur (*Bis*).

MON TRÉSOR,

Paroles d'un Ami qui vient de perdre sa Compagne
en recevant d'elle, à ses derniers moments,
son Portrait et son Panier à ouvrage.

—

Air : *Petits Oiseaux, mangez sur ma fenêtre, de ce pain blanc, etc.*

1er COUPLET.

Toi cher panier , toi portrait de ma belle...
Qui, sur mon cœur, possédez mille attraits :
Un sort cruel nous a séparés d'elle !
Mais, vous et moi, ne nous quittons jamais.

. . . .

Ces souvenirs parfois doux et pénibles ,
Brisent mon âme , engourdissent mes sens :
Car du destin, les arrêts inflexibles
Ont moissonné cet ange avant le temps.
Toi cher panier , toi portrait de ma belle...
Qui, sur mon cœur, possédez mille attraits :
Un sort cruel nous a séparés d'elle !
Mais, vous et moi, ne nous quittons jamais.

5

2me COUPLET.

Ma vie, hélas! n'est donc qu'une chimère,
Car tu n'es plus pour adoucir mes maux :
Pendant le jour, je te cherche et j'espère ;
Mais la nuit vient, pour moi pas de repos.
Toi cher panier, toi portrait de ma belle...
Qui, sur mon cœur, possédez mille attraits :
Un sort cruel nous a séparés d'elle !
Mais, vous et moi, ne nous quittons jamais.

3me COUPLET.

Quand sonnera ma fin, l'heure dernière,
Du Tout-Puissant, j'accomplirai la loi :
Lui demandant, d'une ardente prière...
Que mon trésor disparaisse avec moi.
Toi cher panier, toi portrait de ma belle...
Qui, sur mon cœur, possédez mille attraits :
Un sort cruel nous a séparés d'elle !
Mais, vous et moi, ne nous quittons jamais.

LES REVERS DE FORTUNE.

Paroles d'une victime qui dût quittér son pays,
ses parents, et sa fille adoptive.

—

Air *des Feuilles mortes*.

1er COUPLET. — *Le Désespoir*.

Tout est fini pour nous, Adèle, ô mon amie,
Je vois mon dernier jour, je vais fermer les yeux :
Je vais aller prier au temple de Marie,
Et demander à Dieu que vous soyez heureux.
Non ! tu n'oublieras pas cette seconde mère,
Près de laquelle, hélas ! tu vis des jours si doux :
Non ! tu n'oublieras pas, dans ta grave prière,
Les maux qu'elle a soufferts en vivant loin de vous (*Bis*).

2me COUPLET. — *La Douleur*.

Sur mon lit de douleur, pas une voix m'appelle,
Pas une main d'ami m'offre un faible secours :
Toujours seule avec toi, ma fille, ô mon Adèle,
Je te cherche les nuits, je t'évoque les jours.
Mais tu n'oublieras pas cette seconde mère,
Près de laquelle, hélas ! tu vis des jours si doux :
Non ! tu n'oublieras pas, dans ta grave prière,
Les maux qu'elle a soufferts en vivant loin de vous (*Bis*).

3me COUPLET. — *Le Tombeau.*

Si, du fond du tombeau, la voix pouvait s'entendre,
Je voudrais avec toi causer matin et soir :
Si ! des cieux, l'on pouvait facilement descendre,
Je viendrais parmi vous avec plaisir m'asseoir.
Tu la reverrais donc, cette seconde mère,
Près de laquelle, hélas ! coulaient des jours si doux :
Vous répétant à tous, dans sa douleur amère,
Les maux qu'elle a soufferts en mourant loin de vous (*Bis*).

LES SOUVENIRS D'ENFANCE.

CALABISTRE, MÉNESTRIER DE CONFOLENS.

Parodie et Air : *Du Ménestrier de Meudon.*

REFRAIN.

Dansez vite, obéissez donc,
A Calabistre, à son bourdon :
Dansez vite, obéissez donc,
C'est un des rois du rigodon (*Bis*).

1er COUPLET.

Je me souviens encore,
Des bals de Confolens;
De l'orchestre sonore,
Que j'entendis souvent.
A chaque jour de fête,
Calabistre était là;
Marchant toujours en tête,
A tous marquant le pas...
Dansez vite, obéissez donc,
A Calabistre, à son bourdon :
Dansez vite, obéissez donc,
C'est un des rois du rigodon (*Bis*).

2ᵐᵉ COUPLET.

Dans nos vertes campagnes,
Nos villageois coquets ;
Offraient à leurs compagnes,
Fleurs des champs pour bouquets :
L'on voyait la bergère,
Le placer sur son sein ;
Et d'une voix légère,
Chanter ce gai refrain...

Dansez vite, obéissez donc,
A Calabistre, à son bourdon ;
Dansez vite, obéissez donc,
C'est un des rois du rigodon (*Bis*).

3ᵐᵉ COUPLET.

Chez le pauvre on appelle,
Le vieux ménétrier ;
Il s'y rend avec zèle,
Le bal est au grenier :
La blonde et la brunette,
Ornent ce grand taudis ;
Au son de la musette,
Le malheur chante et dit...

Dansez vite, obéissez donc,
A Calabistre, à son bourdon :
Dansez vite, obéissez donc,
C'est un des rois du rigodon (*Bis*).

4me COUPLET.

Ces temps, je vous assure,
Valaient ceux d'à-présent :
L'union la plus pure
Régnait à Confolens.
Pas de haine profonde,
De jaloux, de méchant ;
Chacun formait la ronde,
Et l'on chantait gaîment.

Dansez vite, obéissez donc,
A Calabistre, à son bourdon :
Dansez vite, obéissez donc,
C'est un des rois du rigodon (*Bis*).

LA POLICE DE NAPOLÉON-VENDÉE.

Paroles d'un Commissaire de police.

Air : *Paillasse, Paillasse! tes Tréteaux sont toujours debout*, etc.

REFRAIN :

Grimaces, grimaces,
Elles arrivent de toutes parts ;
Menaces, menaces,
Voilà nos parts (*Bis*).

1er COUPLET.

Chaque soir faisant une ronde,
Nous trouvons parfois bien du monde :
L'homme riche, l'homme indigent,
Le malheureux, le mécontent ;
L'honnête homme souvent...

Grimaces, grimaces,
Elles arrivent de toutes parts ;
Menaces, menaces,
Voilà nos parts (*Bis*).

2me COUPLET.

Nous trouvons l'escroc qui raccroche,
Et qui met sa main dans la poche ;

6

Nous l'arrêtons au même instant :

Il nous répond insolemment...

Car il est innocent.

      Grimaces, grimaces, etc.

3me COUPLET.

Nous trouvons la beauté novice,

Qui sans ruse et sans artifice,

Quitte les bras de sa maman

Pour voler dans ceux d'un amant...

Qu'elle aime tendrement...

      Grimaces, grimaces, etc.

4me COUPLET.

Nous trouvons, charmant bureaucrate,

Ajustant gaîment sa cravate :

A nos grisettes, chaque jours,

Offrant son cœur et ses amours...

Réussissant..... toujours.

      Grimaces, grimaces, etc.

5me COUPLET.

Nous trouvons jeunesse bruyante,

Qui, pendant la nuit, braille et chante :

Vers eux, nous marchons à grands pas,

Les priant de parler plus bas !

Mais ils n'écoutent pas...

      Grimaces, grimaces,

      Elles arrivent de toutes parts .

      Menaces, menaces,

      Voilà nos parts (*Bis*).

L'ENROLEMENT VOLONTAIRE.

Paroles d'un Lombard exilé pendant la guerre d'Italie.

—

Air : *Lise, connais-tu ce jeune homme?*

———

1ᵉʳ COUPLET.

Je te revois, oh! ma belle patrie,
Dit en ces jours un lombard exilé :
Oui! je reviens, oh! ma noble Italie,
Chez tes enfants chercher la liberté.
Grâce au destin, le signal vient d'éclore,
C'est un vieillard qui vous offre son bras :
J'ai vu briller l'étendard tricolore,
Enrolez-moi, je suis encore soldat (*Bis*).

2ᵐᵉ COUPLET.

Peuple Italien ! imitons tous nos pères,
Et comme eux, tous, montront notre valeur :
Ralions-nous à ces nobles bannières,
Qui les guidaient à la gloire, à l'honneur.
Puis qu'aujourd'hui la trompette sonore,
Appelle encore les Lombards au combat :
J'ai vu briller l'étendard tricolore,
Enrolez-moi, je suis un vieux soldat (*Bis*).

3me. COUPLET.

Si ! dès demain, je finis ma carrière,
Dignes amis, gravez sur mon tombeau :
Ici ! repose un vaillant militaire,
Qui fut toujours l'ami de son drapeau !...
Que tout passant, que tout mortel honore ,
Celui qui sut si bien servir l'état :
Et plantez-y l'étendard tricolore ! ! ! !
Chacun de vous prira pour ce soldat (*Bis.*)

LE MENDIANT ET LA PÉRONNELLE.

La fortune du Mendiant fut dévorée par le luxe
de la Péronnelle.

Air : *T'en souvient-il, disait un Capitaine, au Vétéran qui mendiait
son pain, etc.*

1er COUPLET.

Un mendiant marchant tête baissée,

Sur son bâton traînait son corps tremblant ;

Vit Péronnelle, à le fuir empressée,

Pour éviter son regard pénétrant...

Reconnais–moi, je suis dans la misère :

Dit le vieillard, qui lui tendait la main ;

Mais si tu veux regarder en arrière...

Tu me verras partout sur ton chemin (*Bis*).

2me COUPLET.

Dans mes écrits, je faisais tes louanges,

C'est ton amour qui toujours m'inspira :

Je te chantais, comme on chante les anges ;

Et comme un ange, hélas ! mon cœur t'aima.

Mais aujourd'hui je suis dans la misère,

Pauvre et vieillard, je dois tendre la main...

Mais si tu veux regarder en arrière...

Tu me verras partout sur ton chemin (*Bis*).

3me COUPLET (1).

Te souvient–il du récit de son père,

Qui dans un bois, trouvant un mendiant ;

Que celui-ci lui dit d'un ton sévère :

Je suis ton Dieu, prosterne-toi, méchant...

Que comme lui, la vision t'éclaire ;

Le mendiant te dit : je tends la main ;

Mais si tu veux regarder en arrière...

Tu me verras toujours sur ton chemin (*Bis*).

(1) M. Z..., père de la Péronnelle, avait eu une vision. Il avait cru voir dans la forêt de Stenay (Ardennes), un mendiant qui se disait son dieu.

LA SÉPARATION.

Air : *L'Arabe au Tombeau de son coursier.*

1er COUPLET.

Il faut quitter mon pays, ma patrie,
Tous mes désirs deviennent superflus :
Il faut partir, mon excellente amie,
Trésor d'amour ! je ne te verrai plus !
Cettre patrie, autrefois tant aimée,
Quand près de toi je passais d'heureux jours :
N'est plus pour moi que les sombres séjours,
Du noir enfer, où va l'âme damnée...

. . . .

Cruel destin, apaisant ton courroux ! }
Laisse-moi donc mourir à ses genoux. } (*Bis*).

2me COUPLET.

De ce méchant, supportant la colère,
Je ne dois plus espérer te revoir :
Ne sait–il pas combien tu me fus chère,
Et que toujours tu fus mon seul espoir.

Ne sait-il pas que depuis des années,
Tu fus pour moi l'avenir, le bonheur ;
Pourquoi veut-il ainsi briser mon cœur,
Sans consulter le flot de mes pensées...

. . . .

Cruel destin, apaisant ton courroux ! }
Laisse-moi donc mourir à ses genoux. } *(Bis)*.

3ᵐᵉ, COUPLET.

Si l'on savait jusqu'où va mon courage,
Et ce que peut un amant outragé :
Ah ! dans son sang, désaltérant ma rage !
Que sous mes pieds il soit longtemps foulé...
Mais en pensant à ma fidèle amie,
Je suis heureux, sans haine et sans courroux :
Pardon, mon Dieu ! je tombe à tes genoux !
Près d'elle encor que je passe ma vie...

. . . .

Cruel destin, apaisant ton courroux ! }
Laisse-moi donc mourir à ses genoux. } *(Bis)*.

RAPPROCHEMENT D'UNE MÈRE ET DE SON FILS,

Elle vient habiter avec lui à Paris, après une
longue séparation.

1er COUPLET.

Je vais revoir cette mère chérie,
Et dans mes bras la presser tendrement :
Ce jour sera le plus beau de ma vie,
Et pour mon cœur le plus heureux moment.
Si trop longtemps séparés par l'absence,
Je fus privés de tes soins généreux :
Il me souvient combien j'étais heureux,
Quand tu pris soin de mon enfance.

2me COUPLET.

Pour te prouver notre reconnaissance,
Nous tâcherons d'accomplir tes désirs :
Nous ferons tout, les soins, la complaisance,
Les ris, les jeux, les chants et les plaisirs.
Oui ! tu pourras ma bienfaisante mère,
Trouver encore, en quittant ton pays,
Chez ses enfants de précieux amis ;
Leurs cœurs pour appui tutélaire.

3me COUPLET.

Mes bons parents! vous, ma sœur et mon frère,
Sans crainte, enfin, soyez sur l'avenir :
Vous allez tous recevoir de ma mère,
Dernier bienfait, sa main va vous bénir.
Moi! plus heureux, à son heure dernière,
Près de son lit en lui fermant les yeux :
Je recevrai de précieux adieux,
Ses vœux, sa dernière prière.

IMPROMPTU,

Paroles d'un Fonctionnaire éloigné de sa famille
par un changement de résidence.

———————

1ᵉʳ COUPLET.

J'avais gaiement mis à la voile,
Et très-joyeux, je suivais mon chemin,
Quand tout-à-coup sous la fatale étoile
Le ministère a changé mon destin.
Malgré mes vœux, malgré ma rêverie,
Malgré mes pleurs et mon chagrin
Je dûs quitter mes parents, ma patrie !
Et m'éloigner dans un pays lointain *(Bis)*.

2ᵐᵉ COUPLET.

Quand je reçus de ma mère adorée,
Derniers adieux ! quel précieux moment ;
Quand dans ses mains, tenant ma main pressée,
Et sur son cœur, me serrant tendrement :
Tu vas quitter cette mère chérie,
Tu vois mes pleurs et mon chagrin !
Songe toujours à nous, à ta patrie ;
Quique exilé dans un pays lointain *(Bis)*.

3me COUPLET.

Si le destin daigne encor nous sourire ;
Si plus heureux ! je te revois un jour ,
En attendant, mon fils il faut écrire ,
A tes parents , parles-nous sans détour......
Je vais écrire à ma mère chérie :
Cessez vos pleurs , n'ayez plus de chagrin ;
J'ai retrouvé des parents , ma patrie ,
De vrais amis dans ce pays lointain (*Bis*) (1).

(1) Cette romance a été faite à la suite d'un dîner, chez **M. Courby**, capitaine de gendarmerie à Gap (Hautes-Alpes). L'on pria l'auteur de faire un
couplet, il fit cet impromptu.

CHANT DES SAPEURS-POMPIERS DE LA VILLE DE CONFOLENS.

—

Air : *De la Parisienne*.

———

1er COUPLET.

Dans Confolens quand l'incendie ;
Vient tout-à-coup jetter l'effroi :
Des pompiers la troupe hardie
Accourt au signal du beffroi.

CHŒUR :

Des flammes craignant peu la rage ,
Nos pompiers ardents à l'ouvrage ;
Armés en Romains,
Vont la hache aux mains !
Courir sur les toits comme sur des chemins,
Comptons sur leur courage (*Bis*).

2me COUPLET.

Les étincelles élancées ,
De tout côté portent le feu ,
Mais les pompiers soudain placés
Ont tous leurs pistons mis en jeu.

CHŒUR :

Des flammes craignant peu la rage,
Nos pompiers ardents à l'ouvrage , etc.

3ᵐᵉ COUPLET.

Le vent qui souffle avec furie
Pourrait augmenter le danger.
Leur lieutenant s'agitte et crie !
A la chaîne il faut tout ranger !

CHŒUR :

Des flammes craignant peu la rage,
Nos pompiers ardents à l'ouvrage, etc.

4ᵐᵉ COUPLET.

La flamme pétille et serpente,
Augmentant son intensité ;
Noyez, dit-il, cette charpente,
Par un bon jet bien ajusté.

CHŒUR :

Des flammes craignant peu la rage,
Nos pompiers ardents à l'ouvrage , etc.

5me COUPLET.

Grand Dieu, des cris, c'est une femme,
Qui leur demande son enfant!
Un grognard vole et de la flamme,
Il le rapporte triomphant.

CHŒUR :

Des flammes craignant peu la rage,
Nos pompiers ardents à l'ouvrage, etc.

6me COUPLET.

A la fin, la gorge enflammée
Ces braves tirent les bouchons,
Ils alignent toute une armée,
De bouteilles et de flacons.

CHŒUR :

De leur soif, apparaissant la rage,
Nos pompiers en quittant l'ouvrage,
Trinquent de bon cœur ;
Fêtent le vainqueur.
Et puis chantant, répètent tous en chœur :
Pour boire ayons courage.

FIN DES ROMANCES.

www.ingramcontent.com/pod-product-compliance
Lightning Source LLC
Chambersburg PA
CBHW061648180626
46818CB00003B/1002